Horst Lischke

Familien-bande

Märchen

Originalauflage November 2014
Seminarzentrum „Neue Erde“
37412 Herzberg/ Harz, Mariental 9
www.seminarzentrum-neue-erde.de

Illustrationen: Stefanie Krause
Satz: Maria Mihály
Druck: PRESSEL Digitaler
Produktionsdruck, Remshalden

Gedruckt auf 100 % Recyclingpapier
ISBN 978-3-00-045442-4

Kapitel 1

Mama, ich kann nicht mehr, meine Beinchen tun weh. Warum müssen wir denn so rennen?!

Ira ließ sich in eine laubgefüllte Kuhle fallen und schaute trotzig hinter den anderen her. Doch die liefen wie verrückt weiter und schienen gar nicht zu bemerken, dass sie fehlte.

Nicht einmal ihre Mutter drehte sich um.

Was war bloß los? Wie konnten die ihr Jüngstes einfach so zurücklassen? Vor lauter Ärger und Erschöpfung vergaß Ira die Furcht, huschelte sich tief ins Laub, schloss die Augen und schlief sofort ein.

Die alte Buche, unter der das Schweinchen lag, lächelte bei dem Anblick: nur ein kleines, schwarzes Schnäuzchen lugte zwischen den trockenen Blättern hervor. Aus zwei kugelrunden Löchern dampfte es – kein Wunder, denn der Herbst probierte bereits die ersten Fröste.

„Bitte, schiebe meine Äste etwas zur Seite, alter Feger“, bat die Buche den Wind, „damit Vater Sonne das Schweinchen wärmen kann.“

„Sehr gern, meine Liebe“, antwortete der brausende Geselle fröhlich, denn um diese Jahreszeit fühlte er sich besonders wohl. Eigentlich schob er Ende Oktober die Äste der Bäume sowieso hin und her, da brauchte keiner drum bitten, doch für ein paar Minuten hatte er wohl ein kleines Nickerchen gemacht. Das erklärte auch die ungewöhnliche Ruhe im Wald, bevor die Schweine in panischer Flucht durch das Gehölz sausten. Spielerisch blies er ins Geäst und tatsächlich erreichten die Sonnenstrahlen den Fuß des Baumes.
Iras Nasenlöcher wurden dabei ganz warm und leuchteten von innen heraus, was alle Buchen ringsum süß fanden. Der Wind wurde deswegen sogar übermütig und musste aufpassen, dass er sich nicht in einen Sturm verwandelte, denn das war für den heutigen Tag nicht vorgesehen...

Die sonnige Wohligkeit mag dazu beigetragen haben, dass Ira herrlich träumte. Vom Sommer und all den Abenteuern, welche ein heranwachsendes Schweinchen in den ersten Monaten erlebt:
Spannende Entdeckungsreisen im Heimatwald, Versteckspiele, eine Höhle erkunden und wie wild in Schlammlöchern baden. Natürlich gehörte das gute Fressen dazu und

übermütiges Herumtollen auf der großen Lichtung – ihrem Lieblingsplatz.
Die letzten Traumfetzen hatten damit zu tun, dass Mama sie kräftig abrüsselte, mit der rauen Zunge immer quer über das Gesicht. Vor lauter Lachen wachte sie schließlich auf und hatte den Eindruck, dass ihre Mutter weiterhin das Fresschen abschleckte - doch wer war das?, - ein Hund, der aufgeregt schnüffelte und ihre Nase beleckte. Das kitzelte und machte Spaß. Ira fühlte die Zuneigung des Hundes und blieb entspannt. Woher kannte sie ihn nur? Ach ja, wie kann man nur so schlaftrunken sein?!

Sie hatte sich einmal im Fichtengrund verirrt und bitterlich geweint aus Angst, nie mehr zurückzufinden. Da war Bello, der liebe Streuner gekommen und hatte sie nach Hause gebracht.
In großer Sorge planten die anderen gerade eine Suchaktion ... und sie erschien plötzlich mitten unter ihnen - mit einem Jagdhund, der bei den Menschen lebt!! Wenn das kein Wunder war!
Gero, der Weise, wertete es sogar als Zeichen der kommenden Veränderungen, von denen in den Überlieferungen der Vorfahren so oft die Rede war und blickte zum Himmel.

Seither gehört Bello selbstverständlich zum engsten Freundeskreis der Familie, während Ira von klein auf den Ruf genießt, eine Verbinderin zu sein.
In vielen Wäldern und Hainen sprechen Tiere unterschiedlichster Gattungen über dieses Ereignis. Eine wahre Geschichte, die Hoffnung bringt auf Frieden zwischen allen Lebewesen in der gesamten Natur.

... Und heute kam der Freund wieder zur rechten Zeit, um Ira beizustehen. Dankbar gab sie ihm einen Schmatz und fragte: „Bist du mein Schutzengelhund? Ich hab dich lieb, Bello. Ich will zu Mama."
„Mein Kleines", antwortete Bello nun etwas besorgt, „deine Familie befindet sich in Gefahr. Die Jäger veranstalten eine Treibjagd und ich muss dich schützen."
Ira wusste Bescheid.
Bei diesem Wort
stellten sich die
Borsten im
Nacken auf.

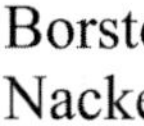

Es war nicht direkt Furcht, eher gesteigerte Aufmerksamkeit, eine Energie, mit der man gut wegrennen kann.
Etwas im Körper brachte das Blut in Wallung. Das nannte man wohl Erbgut. Durch viele angstvolle Wiederholungen eingeprägt in Körper und Geist. Von Generation zu Generation weitergegeben - ein Schlüssel zum Überleben.

„Lass uns runterlaufen zum Fluss. Wir müssen dort stromauf gehen, damit die Hunde unsere Spur verlieren“, sagte Bello und sprang los.
Ira hatte keine Mühe mit der Geschwindigkeit, denn in Bewegung ging das Gefühl weg, was ihr Herz eingeschnürt hatte, bei den Gedanken an ihre Lieben, die jetzt vielleicht immer noch davon hetzten, um nicht getötet zu werden...
Im flachen Wasser trotteten sie schweigend nebeneinander her: ein Hund und ein junges Wildschwein, vertraut und dankbar für die Liebe, die sie füreinander empfanden...
„An der nächsten Biegung verlassen wir den Bach. Ich bringe dich in die alte Feldscheune. Dort bist du vorerst in Sicherheit.“

Die Unterkunft hatte richtigen Komfort. Trockenes Heu und Stroh, Futterrüben und

sogar Kartoffeln.
Ira weinte. Jetzt konnte sie ihren Gefühlen freien Lauf lassen. Die ganze Anspannung fiel ab und mit Tränen in den Augen zeigte sie Bello ihre aufrichtige Dankbarkeit.

Seine feuchten Augen blickten sie lange an, als er sich verabschiedete:
„Richte dich ein, sei wachsam. Wenn erforderlich, verstecke dich. Im Notfall laufe in den Wald und warte in der steinernen Höhle auf mich. Dort werde ich hinkommen, falls du nicht mehr hier sein solltest...

Ich suche deine Leute und bringe ihnen irgendwie die Botschaft, dass es dir gut geht, dann sehen wir weiter."
Bello flitzte davon, überquerte den Bach und verschwand im Wald.

Die letzten Sonnenstrahlen verzauberten das Tal. Ein Reh stand am Rand der Wiese und sah sich zunächst immer wieder um. Wie zum Schutz hüllte goldenes Licht das schöne Tier ein. Anmutig und bewegungslos verharrte es dann, um die Energie des schwindenden Tages zu atmen.

Der Fluss lag im Schatten der Erlen, sein Wasser glänzte silbrig und schwarz, je nach dem, wie man auf die Wellen sah. Nur das leise Plätschern sorgte dafür, dass nicht alles in Stille versank.

Auflösung. Ruhe. Frieden. Die Magie dieses Augenblicks brachte Ira das Gefühl des Einsseins zurück – und wie durch eine Nebelwand war sie urplötzlich mit der Gruppe verbunden. Fühlte, sah, hörte, roch, wie jedes einzelne Wesen ihrer Familie und erfasste in einem Moment die Situation:
Die Wildschweine waren den Jägern entkommen. Im Unterholz des alten Eichenbestandes hatten sie sich versammelt und trauerten um Ern und Mila, die sich freiwillig zur Verfügung gestellt hatten, um das Überleben der Gemeinschaft zu sichern.
Zwecks Ablenkung und Irreführung der Treiber, waren beide in entgegengesetzte Richtung gelaufen – der Plan ging auf, doch ohne Entkommen...
Während ihre Körper, von mehreren Kugeln niedergestreckt, am Boden verbluteten, vereinigte sich die Lebensessenz mit dem Großen Geist auf der anderen Seite.
Ira konnte alles wahrnehmen und wollte mit Mutter sprechen, doch die war noch so vom Schmerz überwältigt, dass die Verbindung

nicht funktionierte.

Inzwischen hörten die Schweine Bello's Erkennungslaut, der kurz darauf bei den Eichen eintraf. Noch etwas abgehetzt, berichtete er von Iras Rettung, dass sie in Sicherheit sei und er empfehlen würde, die Kleine dort zu lassen, denn, wie er wüsste, sollte die Jagd noch zwei Tage dauern...
„Ich versuche herauszufinden, wo die Menschen morgen hingehen. Ich folge von hier aus eurer Spur und bringe rechtzeitig Nachricht. Versprochen."
Ohne Dank abzuwarten, rannte er sofort wieder los.
„So einen Freund findet man selten", sprach Gero, „wir können uns dankbar schätzen. Am besten, bleiben wir die Nacht hier. Morgen braucht jeder genug Kraft, deshalb sucht jetzt Futter und versucht etwas zu schlafen."

Gott sei Dank gab es genug Eicheln und anderes in diesem Waldstück zu fressen, so dass keiner sich entfernen musste.
Wegen der Anspannung hielt sich der Appetit in Grenzen und die Mahlzeit war bald beendet.
Dicht gedrängt lagen sie dann zusammen und ergaben sich der Nacht...

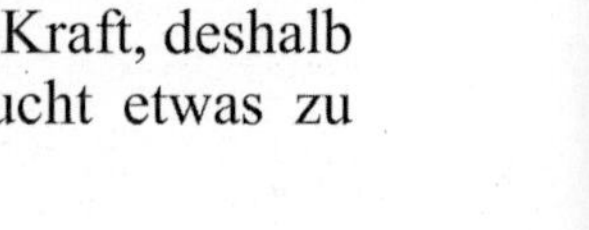

Ein Bereich des Geistes muss bei wild lebenden Schweinen immer wach bleiben, das ist Teil ihrer Natur, denn obwohl in dieser Gegend keine großen Raubtiere existieren, geht von einem Lebewesen immer Gefahr aus – und dieses Wesen heißt: Mensch. Wenn er nicht jagt, macht er sich mit riesigen Fahrzeugen im Wald zu schaffen, bringt Stoffe aus, die der Natur schaden, fällt die stärksten Bäume, die energetisch unentbehrlich sind für das Ökosystem, verändert Wasserläufe – und was er sonst noch alles macht, mit dem Pflanzen und Tiere fertig werden müssen, denn alles dreht sich ums Überleben, wenn der Große Kreislauf in seiner Vollkommenheit beeinträchtigt wird...

In der Feldscheune herrschte tiefe Dunkelheit. Ira hatte kleine Futterrüben sowie ein paar Kartoffeln gefressen und sich im duftenden Heu niedergelegt.

Nicht fern ihres Lagers sang der Bach sein sehnsuchtsvollstes Lied – es handelte vom ewigen Meer, auf das er zufloss, um sich unterwegs mit zahlreichen Gewässern zu verbinden, bis er größer und größer würde und mit jeder Vereinigung besser verstünde, was es heißt, zusammen zu fließen.
Alle Geschichten würde er hören und integrieren, vom breitesten Strom bis hin zur kleinsten Quelle.

Jedes Tröpfchen hat ein individuelles Dasein und kann Einmaliges berichten.
Ob Tau oder Nebeldunst, Regen oder Wasserfall, Teich, See oder Meer – das Alleinsein ist, gemessen an der Einheit, immer nur von kurzer Dauer.
Zusammensein bestimmt den Kreislauf des Lebens, bis sich alles im Ozean vermählt, um irgendwann, von der Sonne aufgesogen, auf eine neue, einmalige Reise

zu gehen...
Selbst hier, an dieser Stelle des kleinen Flüsschens, kommen bereits unzählige Geschichten zusammen, so dass nur Gott in der Lage ist, sich alles zu merken. Wie groß muss seine Bibliothek des Lebens sein, um so viel Information zu fassen?!...

Ira ließ sich in diesem Bewusstsein treiben und träumte davon, ein Fisch zu sein, der aus ganz anderer Perspcktive seine Reise erlebt.

Das Schweinchen wurde langsam müde. Die Augen fielen ihm zu. Es liebte den Geruch von Heu und seine Wärme, wenn man sich darin vergrub.
Kaum eingeschlafen, befand es sich wieder in einem Traum – nur dieses Mal war Ira das bewusst. Ein gleißendes Licht von unendlicher Schönheit erschien.
Es hatte die Eigenschaft, Liebe auszustrahlen, Trost und Kraft zu spenden – und es konnte sprechen:
„Höre gut zu, Ira, wir haben einen wichtigen Auftrag für dich. Dein guter Charakter befähigt dich zu seiner Erfüllung. Deshalb wurdest du ausgewählt. Bist du dazu bereit?"
Ira antwortete: „Ja". Mit diesem „Ja" durchfuhr eine starke Energie ihren Körper; der Brustkorb war plötzlich weit geöffnet und es fühlte sich an, als sei ihr Herz so groß, wie die ganze Welt...

Überwältigt von der Erfahrung, erwachte sie und merkte, dass alles, von oben bis unten an ihr bebte und vibrierte – und es schien heller geworden zu sein rings um sie her...
„Bloß nicht wach bleiben", dachte Ira kurz –

und tatsächlich ging der Traum weiter...
Das Licht fuhr fort: „Du bist eine Verbinderin und musst jetzt mit deinem Dienst beginnen. Glaube nicht, du seiest zu jung dafür. Nur deine Physis tritt derart in Erscheinung – und genau so brauchen wir dich, denn ein unschuldiges Schweinekind kann bei Menschen und Tieren viel bewirken, weil es in der Lage ist, Herzen zu öffnen und das Gute zu erwecken.

Morgen Mittag wird ein Menschenjunge in die Scheune kommen und dich mit nach Hause nehmen. Er wird dich sehr lieb haben und für dich sorgen. Das ist Teil des Planes. Sein Name ist Timmy. Wir haben ihn gleichfalls im Traum besucht – und weil er eine alte Seele ist, wie du, hat er bereits zugestimmt. Bello ist unser Bote, er war von Anfang an eingeweiht. Du kannst ihm voll vertrauen.
Über solche Wachträume werden wir weiter miteinander kommunizieren. Du wirst dich jederzeit an alles erinnern und deine Aufgabe leicht erfüllen. Habe Dank, wir sind immer mit dir. Du kommst aus dem Engelreich und sollst jetzt noch ein bisschen von deinem wahren zu Hause empfangen.
Schlafe wohl."

Im selben Augenblick begannen die herrlichsten Farben in Iras Innerstem zu pulsieren, erhebende Schwingungen und Klänge kamen dazu, eine wunderbare Leichtigkeit und Wellen von Licht und Liebe trugen sie in die höchsten Höhen des Gewahrseins von grenzenlosem Glück...

„Wann habe ich je so tief geschlafen?“, fragte sich Ira, als sie die Augen öffnete. Nichts war wie vorher. Die Erfahrung mit dem Licht wirkte auf ihr gesamtes Wesen.

Der Tag musste schon ein paar Stunden zählen. Helligkeit drang durch offene Luken sowie einen größeren Spalt am Giebel des Gebäudes ein. Über der Wiese lag Nebel und das Flüsschen dampfte. Windstille.

Der Erlenbach murmelte leise vor sich hin. Weit oben zog ein Bussard seine Kreise.

Ira ließ sich durch diesen jungen Morgen verzaubern. Ruhe, Frieden, Erhabenheit und Harmonie lagen in der Luft. Zu ihrem eigenen Erstaunen fühlte sie weder Einsamkeit noch Angst – hatte sie doch zum ersten Mal eine Nacht allein, ohne die Familie, an einem fremden Ort verbracht.

Das tiefe Vertrauen in ihrem Herzen ging weit über das bisherige hinaus. Es berührte einen Bereich im Innersten, den sie noch nie in dieser Deutlichkeit empfunden hatte, was sich besonders leicht und frei anfühlte. Alles war gut. Und auf einmal kam die Erinnerung an jede Einzelheit des nächtlichen Traumes...

Kaum waren die Bilder, Eindrücke und Erlebnisse vorübergezogen, hörte sie ein Geräusch.

Das musste der Junge sein!?...

Vertrauen hin, Gewissheit her, das kleine Herz pochte laut drauflos, als wollte es die Brust zersprengen. Jede Zelle schrie, du musst fliehen, denn: Mensch bedeutet Gefahr, das ist seit unzähligen Generationen das genetische Überlebensprogramm aller wildlebenden Schweine...

Wie vom Blitz getroffen, flitzte das verängstigte Tier in die hinterste Ecke und stieß in aller Hast gegen ein Brett, das krachend zu Boden fiel. Atemlose Stille...

...Der Junge hatte auch Angst. Erschreckt war er zurückgewichen und lauschte.
Nichts... Die Neugier siegte.
Nur einen Spalt breit öffnete er das Tor und ging hinein.
Da, das umgestürzte Brett! Kartoffeln und Rüben auseinander gescharrt – alles klar, der Traum bewahrheitete sich.
„Wo ist das Schweinchen?“ sprach er leise vor sich hin.
Nach angestrengtem Schauen entdeckte er Ira, die zitternd in der Ecke saß und mit weit aufgerissenen Augen zu ihm hinübersah.
„Hab keine Angst, Schweinchen, ich träumte von dir – und mir wurde mitgeteilt, dass du denselben

Traum hattest.
Ich soll dich mitnehmen und für dich sorgen..."

Jimmy kauerte sich hin und sah nun viel kleiner aus. Er hielt eine Kartoffel in der rechten Hand und streckte sie Ira entgegen. Mutig ging sie langsam auf ihn zu, nahm die Kartoffel und blieb wie angewurzelt stehen.
Energie floss hin und her.
Vertrauen. Der Bann war gebrochen. Fast übervorsichtig berührte der Junge den Kopf seiner neuen Freundin und sie ließ es geschehen.
Es wurde ein Band geknüpft von höherer Ebene zwischen Lebewesen unterschiedlicher Art.

Was hier geschah, glich einem Wunder. Es erinnerte an das Paradies, wo Menschen und Tiere, ohne jede Feindschaft, als Brüder, Schwestern und Freunde gleichberechtigt

zusammenlebten, einander liebten, ehrten und beschützten...
Voraussagen über das kommende Zeitalter, in der ein höheres Bewusstsein die Einheit aller Lebewesen garantierte, fanden in dieser Szene ihre hoffnungsvolle Bestätigung, dass es bald so sein würde, wenn alle nur immer in dieselbe Richtung strebten...

Das stille Abwarten fand sein Ende in einfachen Schmatzgeräuschen, denn nun erst fraß Ira die Kartoffel, die sie die ganze Zeit lang, wie eingefroren, im Maul gehalten hatte.
Spielerische Leichtigkeit, wie sie eben Kindern zu eigen ist, trat an die Stelle der vorhergehenden Anspannung.
Timmy grinste und Ira machte ohnehin den Eindruck, als würde sie ständig lachen. Nur an den Augen konnte man erkennen, wenn es anders war.

Der Junge stand auf und sagte: „Komm, Schweinchen, wir gehen. Ab jetzt bist du meine beste Freundin..."

Wieder ein Geräusch, diesmal draußen, vor der Scheune.
... Bello zwängte zunächst seinen Kopf in das angelehnte Tor, um dann mit dem gan-

zen Körper hereinzuschlüpfen.
Er begrüßte sein junges Herrchen, ließ sich streicheln und wedelte dabei kräftig mit dem Schwanz. Anschließend gab er Ira einen Stups mit der Nase und leckte einmal über ihr Maul.
Das machte er, seit sie sich kannten.
Das Schweinchen schmeckt gut und hat einen Geruch, der ihn an grenzenlose Freiheit erinnert.

Auch ein Jagdhund trägt die Gene der wölfischen Artgenossen in sich – Bello drückt diese Gene selbstbewusst aus durch unkontrolliertes Herumstreunen.
Die Menschen, bei denen er lebt, konnten es ihm nicht abgewöhnen.
Man müsste ihn einsperren oder an die Kette legen, aber das bringen sie nicht fertig, denn sie lieben Tiere sehr und setzen sich für ihre Rechte ein.
Als kleiner Welpe war Bello ausgesetzt worden und nach langen Tagen der Einsamkeit halb verhungert in einem Tierheim gelandet.
Timmys Mutter arbeitet dort und der Junge hilft ihr dabei, so oft er kann; er ist regelrecht vernarrt in Tiere und umgekehrt ist es

wohl ebenso.

Mit Bello war es Liebe auf den ersten Blick. Timmy hatte solange gebettelt, bis er ihn mit nach Hause nehmen durfte, für immer.
Alle haben große Freude an dem intelligenten und treuen Hund, der natürlich sehr glücklich ist bei den Menschen, die ihn lieb haben.
Ihr kleines Unverständnis wegen des Streunens nimmt er gelassen hin, da außer ein paar Zurechtweisungen nichts weiter passiert.
Bello ist gern bei ihnen, aber wenn die Natur ruft, geht er, wohin er will. Dabei soll es auch bleiben. Schließlich ist er ein Hund und kein Mensch...

Timmy darf aufwachsen in einem Elternhaus, wo Liebe und Verständnis an der Tagesordnung sind. Er kann mit seinen Eltern über alles reden. Sie geben ihm, was er braucht, um eine wohlbehütete und glückliche Kindheit zu genießen.
Heute morgen hatte er seiner Mutter den Traum erzählt und gefragt, ob er das Schweinchen mitbringen dürfe, wenn das Ganze so einträfe...
Sie antwortete, dass es doch nur ein Traum

sei, aber, wenn er ein kleines Wildschwein mit nach Hause brächte, welches auch noch freiwillig mitkäme, dann würde sie es erlauben...

Als es nun tatsächlich geschah, war sie erst einmal platt und musste sich setzen.
Grundgütiger, wer hätte das gedacht! Das ging doch nicht mit rechten Dingen zu!
Oder doch?
Kann man als Zehnjähriger solche Tricks drauf haben?

Ihr mystisches Interesse, der Glaube an Übersinnliches sowie ein paar eigene spirituelle Erfahrungen, halfen ihr jetzt dabei, offen zu bleiben und das Versprechen einzulösen.
Timmy durfte eine Ecke im Stall herrichten, wo Ira zunächst bleiben konnte, dann würde man weitersehen...
Zwei Tröge wurden herbeigeschafft, mit Futter und Wasser gefüllt – und das Glück war perfekt.
Das war nun wirklich alles wie im Märchen.
Oh, mir fällt gerade ein: wir befinden uns ja auch in einem Märchen. Oder nicht?

Michael Bremer, Timmys Vater, der von

seiner Dienstreise zurückkam, fand die Angelegenheit aufregend und abenteuerlich. „Das ist faszinierend und ich bin gespannt, was daraus entsteht“, sagte er in kindhafter Freude und hätte das Schweinchen beinahe geküsst.

Jimmy wurde nicht erlaubt, im Stall zu bleiben. Nur widerstrebend ging er ins Bett, aber schlafen konnte er nach diesem Tag nicht...

Ira vermisste den Sternenhimmel. Auch die Nähe zu Mutter und der Familie fehlte ihr. Sie liegen im Unterholz immer dicht zusammen, fühlen ihre Herzen und wärmen einander.
Dieses Gemeinschaftsgefühl ist ein großes Geschenk – das erkannte das kleine, wilde Schwein in dieser Nacht.
Es befand sich hinter steinernen Mauern und einer verschlossenen Tür, doch, Gott sei Dank, das große Fenster stand weit offen und es konnte die Bäume hören, wie sie im Nachtwind rauschten.
Zum Glück floss der Erlenbach dicht am Stall vorbei und gab Ira ein Gefühl von Vertrauen und Heimat, denn in der Scheune hat-

te sie ihm bereits zugehört und viel über das Leben gelernt.

Heute sang er in den höchsten Tönen von der Quelle, wo er entsprungen, von wo aus alles begann, was ihn zum Fluss gemacht. Er war noch jung, seinem Ursprung viel näher als dem Ziel – und jederzeit strömte er davon, immer dem Einen entgegen.
Und dieses Fließen, dieser Weg, war doch der Grund für seine Existenz. Sich daran zu erfreuen hatte er inzwischen gelernt und kultiviert.
Das Hier und Jetzt ist überall und kann beständig gefeiert werden.

Ira hörte das ganze Orchester, welches an der fließenden Sinfonie beteiligt war.
Zischen, Gurgeln, Glucksen, Klatschen, Reiben. Hohe, mittlere, tiefe Töne. Das Aneinanderschlagen von Kieselsteinen, der seltene Laut eines hereinfallenden Tannenzapfens oder Astes; viele beständige und scheinbar zufällige Klänge sorgen dafür, dass jedes Konzert einmalig ist, sich niemals wiederholt.
Dergestalt erschafft der GROSSE KÜNSTLER, dass selbst in der Form das Unendliche permanent zum Ausdruck kommt.
An keine Tageszeit ist dieses Werk gebun-

den: denn alles fließt...

Danke, guter Erlenbach für deinen Liebesdienst: das Schweinchen schläft jetzt tief und fest, was wird es heute Nacht wohl träumen?...

Kapitel 2

Das Licht leistete ganze Arbeit. Es besuchte Bello, Timmy, Ira und die Wildschweine im Wald. Allesamt zur gleichen Zeit.
Wie bei einer Einweihung erhielten die Beteiligten einen kräftigen Energieschub und klare Anweisungen zur weiteren Umsetzung des Planes.

Alle wollten ihr Bestes geben, denn es ging um Frieden, Verständnis, Mitgefühl und Verbindung zwischen Menschen und Tieren. Wieder geschah das Träumen bei vollem Bewusstsein.
Nach dem Aufwachen hatte keiner etwas vergessen. Jeder kannte die Verhaltensweisen und Handlungen, auf die es jetzt ankam, damit das hohe Ziel erreicht würde – und nun sollte es richtig losgehen...
„Das Prinzip hinter jeglicher Aktion beziehungsweise Enthüllung muss immer die Einheit sein. Niemand darf verurteilt, beschuldigt oder angegriffen werden, ansonsten bleibt alles beim Alten. Und das Alte ist Kampf, Würdelosigkeit und Unrecht.
Sprecht grundsätzlich das Herz an, das Gute und das Wissen, was dem Leben dient und was ihm schadet, denn es wohnt in jedem Wesen, was bewusst existiert.“ – Genau diese Worte betonte das Licht mit großem

Nachdruck in den Offenbarungen der letzten Nacht...

Eine liebevolle Präsenz weckte Ira, die, lang hingestreckt im Lager aus Heu, viel größer aussah als sonst.
Mit dem ersten Augenaufschlag begegnete sie dem väterlichen Blick von Bello, der seit einigen Minuten neben ihr wachte. Ohne zu sprechen tauschten beide Gefühle der Zuneigung aus, welche das Herz erwärmten. Die Liebe des Hundes wurde begleitet von der quicklebendigen Energie des Flüsschens, die in den Körper des Schweinchens einfach so hineinprickelte. Sie fühlte sich wie Quelle und Wasserfall zugleich. Die Klänge der strömenden Sinfonie taten ihr Übriges, um ein Wohlbehagen in Ira auszulösen, wie sie es noch nie zuvor erlebt.
Die Elemente als Freunde zu betrachten, zeugt von großer Weisheit – und damit scheint unser Schweinemädchen wahrlich gesegnet zu sein...
„Guten Morgen, Liebes“, sagte Bello

und gab ihr anschließend den vertrauten Stups mit Nasenschlecker. Ira quiekte übermütig und Bello erfreute sich wie immer an diesem herrlichen Geruch.

„Gestern Abend kam ich nicht mehr dazu, dir die gute Nachricht zu überbringen. Mein Plan hat funktioniert: Nachdem ich die Jäger belauscht hatte, wohin die Jagd gehen sollte, informierte ich anschließend deine Angehörigen und sie entzogen sich der Gefahr, indem sie ein anderes Territorium aufsuchten. Die Jäger waren so enttäuscht, dass sie schließlich die Jagd vorzeitig abgebrochen haben...“
Sichtlich gerührt und voller Dankbarkeit drückte Ira ihre süße Nase in sein Gesicht und weinte vor Freude.

Kurz darauf kam Timmy in den Stall, legte Ira Kartoffeln und Karotten in den Trog und gab Bello eins von den Leckerlis, die er so mag. Anschließend streichelte er beide.
Man konnte sehen, mit welcher Hingabe und Freude er die Tiere verwöhnte.
Iras Scheu war gänzlich verschwunden.
Es bereitete ihr großes Vergnügen von dem Menschenjungen gekratzt zu werden. „Was ihm wohl gefällt?“, ging ihr durch den Kopf. Am liebsten

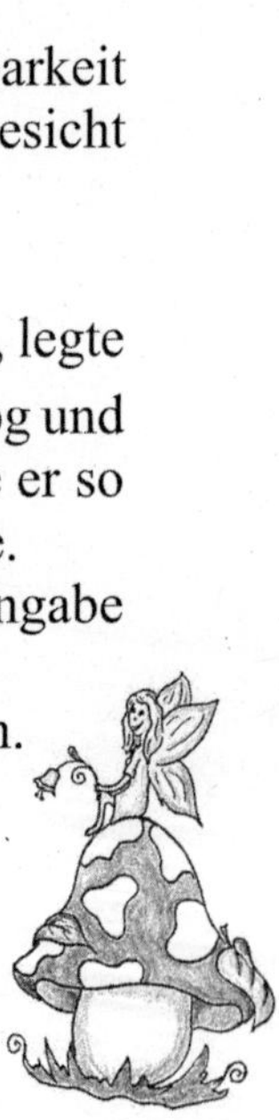

hätte sie was mit der Nase gemacht, aus Dankbarkeit und dem Bedürfnis nach Nähe. „Das werde ich schon herausfinden. Schließlich ist das der erste Mensch, mit dem ich zusammen bin.“

Nach dem Fressen zeigte Timmy seiner Freundin das Grundstück, ein gut gepflegtes Bauernhaus mit großem Garten und angrenzender Koppel. Früher hatten die Bremers mal ein Pferd gehabt, aber das war an Altersschwäche gestorben.
Längs der Koppel schlängelt sich der kleine Fluss dahin, dessen Ufer gesäumt sind von Erlen und Weiden. Auf der anderen Seite beginnt schon der Wald. Das Haus steht allein, inmitten urwüchsiger Natur, etwa zwei Kilometer vom Dorf entfernt. Ganz hinten sieht man die alte Scheune, Iras Unterschlupf der vorletzten Nacht.

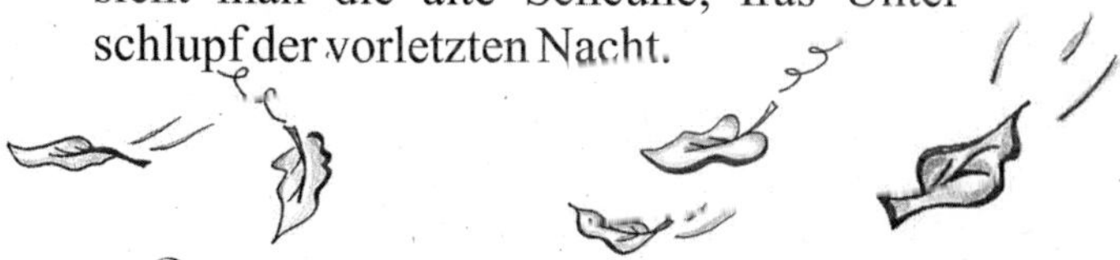

... Der alte Fegewind war gut aufgelegt. In spielerischer Laune pustete er im Wiesengrund unzählige Blätter vor sich her, um Muster zu erschaffen, jeden Augenblick neue, immer in Bewegung, während das letzte Laub, das von den Bäumen kam, lange brauchte für seinen Fall. Manchmal stieg es sogar höher hinauf, um in rot - braun - gelben Wirbeln den Blicken zu entschwinden – ein faszinierender Tanz, begleitet von dürren Raschelklängen, die auf wundersame Weise harmonierten mit der Wassermusik im Bach...

Ira gefiel dieses kleine Paradies und sie warf einen neugierigen Blick auf den frisch eingezäunten Garten.
Als Timmy das bemerkte, erklärte er: „Da steht noch einiges an Wintergemüse. Bitte wühle nicht herum.“ Lächelnd fügte er hinzu: „Voriges Jahr waren deine Leute da und haben ganze Arbeit geleistet. Wir brauchten weder den Garten graben noch das Gemüse ernten... Ich gebe dir genug zu fressen, das verspreche ich dir. Falls du herumbuddeln willst, so kannst du das auf der Koppel, im Wald oder am Erlenbach tun. Hier draußen hast du alle Freiheiten. Im Dorf gäbe es sicher Ärger, darauf kannst du dich verlassen...“
Ira blickte in seine warmherzigen Augen. Stille. Abwarten. Verwunderung.

Innerhalb eines Augenblicks kam die Erkenntnis: „Ich verstehe alles, was er sagt, obwohl ich nie einen Menschen habe reden hören. Das gefällt mir.“

„Mir auch", hörte sie in ihrem Kopf, obwohl Timmy den Mund nicht bewegte.
„Sind die alten Geschichten also wahr, wo Menschen und Tiere noch miteinander sprechen konnten", dachte Timmy erstaunt.
„Und ob, in unseren Überlieferungen wird genau das Gleiche gesagt, antwortete Ira, ohne einen Laut zu äußern. Wir zwei haben die Gabe wiedererlangt. Die Kommunikation erfolgt über den Geist, frei von Worten, nur durch direktes Verstehen"...

Auch wenn sich das Schweinchen gerade sehr erwachsen vorkam, so konnte es nicht an sich halten, musste der Freude Ausdruck verleihen, sprang wild herum und stupste den Freund immer wieder übermütig mit der süßen Nase an, bis der schließlich zu Boden fiel. Sie stellte ihre Vorderbeine auf seine Brust und drückte das kreisrunde, schwarze Ding mitten in sein Gesicht, schnüffelte mit voller Konzentration, denn sie wollte diesen Geruch nie mehr verges-

sen... So etwas war ihr noch nie in die Nase gekommen. Ungewöhnlich. Interessant – und weil da Liebe im Spiel war, mochte sie den Duft des jungen Menschenfreundes sofort und prägte ihn sich ein.
Timmy konnte sich nicht mehr halten vor Lachen, - das mit der Nase im Gesicht war doch zu ulkig. Er schnappte das Schweinchen und kullerte mit ihm über die Wiese. Lachen und Quieken – wer hat so etwas je erlebt?...

Herr Bussard beobachtete das Spiel von oben und konnte kaum fassen, was er da sah, deshalb stellte er den Blick noch schärfer, aber es stimmte, seine Augen sagten die Wahrheit. Höchst erstaunt stieß der Greif einen langen Pfeifton aus und dachte: „Das wird mir niemand glauben..."

Die beiden hatten Bello's Abwesenheit erst bemerkt als er gerade wiederkam.
„Wir müssen reden, liebe Freunde", teilte

der ihnen auf geistigem Wege mit. Irgendwie war er ständig über jede Entwicklung informiert. Nun konnte auch er mit Timmy direkt sprechen – und das war ein bewegender Moment. Er hätte dem Jungen so viel zu sagen, aber das musste verschoben werden auf später...

„Es ist an der Zeit, dass wir uns dem ganzen Traum von letzter Nacht stellen. Ich weiß, wie schockierend das ist, doch wir haben eine Aufgabe übernommen. Deshalb dürfen wir nicht davonlaufen oder gar verdrängen."
Ira wuselte unruhig umher. Es schien, als hätte sie Angst darüber zu reden. Timmy ging es ebenso. Schweigen.
Bello vermittelte: „Keiner darf sich schuldig fühlen. Bei allem geht es um Einheit. Das Licht ermahnte uns, nur in diesem Bewusstsein zu agieren, sonst würden wir scheitern. Immer beim Prinzip bleiben und den Tatsachen ins Gesicht sehen, dann können wir Brücken bauen und zur Versöhnung beitragen. Das Ergebnis ist nicht so wichtig, wie der Versuch.
Die Menschen brauchen Vergebung von den Tieren. Nur wenn sie die Verdrängung auf geben, werden sie in der Lage sein, zu ändern, was geändert werden muss.

Von der Schöpfung erhielten sie einst den Auftrag, Hüter ihrer jüngeren Brüder und Schwestern aus dem Tierreich zu sein, die ihnen gegeben waren als Freunde, zur gegenseitigen Inspiration, zum Spielen und miteinander Teilen von all der Schönheit, welche die Natur großzügig verschenkt.
Die Liebe der Tiere hat große Kraft und hilft den Menschen jetzt bei der Erinnerung an ihre ehrenvolle Verantwortung, die sie einst reinen Herzens übernahmen und während ihrer eigenen Leidensgeschichte fast völlig vergaßen...
Mit diesem Vergessen kam das große Töten, eingebettet in die Lüge vom Überleben und der Notwendigkeit, Tiere nur noch als Ware beziehungsweise als Nahrungsquelle zu betrachten. Hohe Vertreter der menschlichen Rasse meinten schließlich, dass Tiere keine Seele hätten und man mit ihnen machen könne, was man wolle.
Priester segneten die Jagd und hohe Staatsmänner vergötterten sie.
Gefühllosigkeit, Misshandlung, Stumpfsinn und Grausamkeit waren die Folgen der großen Verdrängung, die wir nun helfen wollen, aufzulösen.

Sehr sensibel und mit liebendem Herzen ist hier vorzugehen, damit das zarte Pflänzchen des Mitgefühls wieder sprießen kann.

Wenn zwei oder drei in meinem Namen zusammen sind, dann bin ich mitten unter ihnen, sagte vor langer Zeit ein spiritueller Führer der Menschen. Er verkörperte in hohem Maße die reine Liebe des ALLEINEN. Wir wollen seine Hilfe annehmen – denn wir sind schon drei: ein Mensch und zwei Tiere – und viele andere werden sich uns anschließen, denn die Qualität der Zeit macht Veränderungen möglich wie nie zuvor...“

Ein heller Schein hatte Bello die ganze Zeit umgeben. Seine Augen waren feucht und funkelten wie Sterne.

Kein Zweifel bestand für Ira und Tommy darin, aus welcher Quelle diese Wahrheiten stammten, die sie soeben vernommen hat ten.

Wie ein Ganzes fühlten sich die drei Freunde und es schien, als würde ein Herzschlag von ihnen ausgehen, der Wellen des Mitgefühls und der Liebe aussandte, die hinstrahlten zu jedem lebendigen Wesen, das existiert...

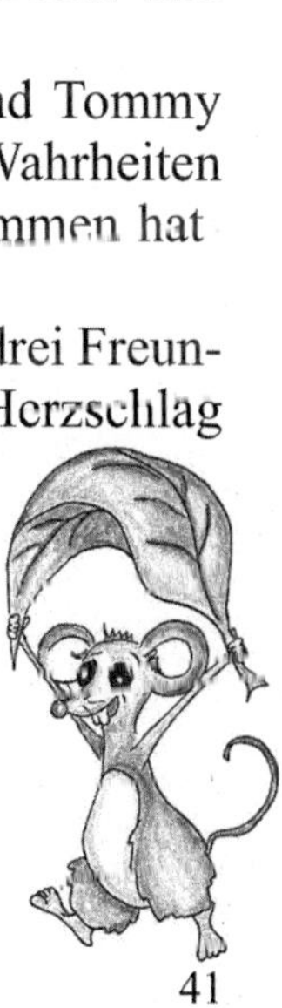

Kann ein Märchen sich etwas wünschen?
Was meinst du, die oder der du mich liest?
Ja?!
Gut, dann wünsche ich mir: bitte verlass mich jetzt nicht, ich brauche deinen Beistand, denn das Folgende muss ich gleichermaßen erzählen, obwohl es mir schwer fällt. Ich will wahrhaftig und authentisch sein und darf deshalb nichts aussparen. Es wird nicht lange dauern. Also bitte verzeih mir.
Wenn du ganz bei mir sein willst, dann verbinde dich einfach mit mir. Wir verschmelzen – und du erzählst dir die Geschichte selber... Komm nur, ich bin hier...

Jetzt erst waren sie soweit, noch einmal zu sehen, was sie seit der Nacht nicht mehr hatten sehen wollen, was sie in ihrem Bewusstsein am liebsten ein für allemal gelöscht hätten.
Doch um der gemeinsamen Aufgabe willen, war es notwendig – sie stellten sich den angstvollen Gefühlen und Bildern, welche mit dieser Schau verbunden waren.
Wie ein gleichzeitiger Gesamteindruck der bestehenden Realitäten, zog alles in kürzester Zeit vorbei, so klar, dass sie es nie wieder würden verdrängen können: Sie sahen großflächige Tötungs- und Verarbeitungsanla-

gen, wo Tausende und Abertausende Tiere täglich unter furchtbaren Qualen und in panischer Angst ihres Lebens beraubt wurden, um sie als Nahrung und zu anderen Zwecken zu verwerten – die Menschen nennen diese Anlagen Schlachthöfe. Überall auf der ganzen Erde sind sie verteilt.
Zuvor mästet man die Tiere in großen Stallanlagen, wo sie zusammengepfercht auf engstem Raum ein elendes Dasein fristen, was man als Leben nicht bezeichnen kann. Auf riesigen Fahrzeugen werden sie zu diesen Schlachthöllen transportiert, um dort schmerzvoll zu sterben.
Ihr Gebrüll ist zu hören bis in die entferntesten Winkel des Universums. Es wird Zeit, dass die Ohren sich öffnen, damit dem endlich ein Ende bereitet werden kann...
Solch schaurige Anlagen gibt es für große Tiere, wie Rinder, Kühe, Schweine und Schafe, aber auch für kleinere Rassen des Geflügels wie Hühner, Enten, Gänse, Puten. Die Massentierhaltungen für Geflügel können in einem Märchen nicht beschrieben werden. Zu grausam geht es dort zu...

Unsere drei Freunde verdienen wegen ihrer Tapferkeit großes Lob.
Sie sahen einander in die Augen und dank-

ten für das Vertrauen, welches das Licht in sie gesetzt hatte. Ihr Leben war verändert. Viele Kompromisse gibt es in der Welt, die uns traurig machen. Wer aber dem eigenen Herzen folgt, findet alle Sicherheiten in sich selbst.

Nun, du hast dein Märchen nicht im Stich gelassen. Das soll belohnt werden – und so wollen wir fröhlich und munter weiterfließen, wie der Erlenbach es tut, der nimmermüde, flüssige Geselle...
Der schwere Teil liegt hinter uns – das Abenteuer kann beginnen...

Wie gut sich die drei fühlten! Erleichtert. Voller Freude und Übermut:

das musste erst einmal bewegt werden. Sie spielten *Fang mich.*

Keine Chance für Timmy. Wer hätte gedacht, dass ein Wildschwein so schnell laufen kann. Selbst Bello staunte. Lachen, quieken, grunzen, bellen, der Spaß nahm gar kein Ende...
Der Junge musste ausruhen, ging zum Bach, setzte sich und beobachtete Ira, die begonnen hatte, den Boden aufzuwühlen. Faszinierend, wozu deren Nase fähig war. Ohne

Mühe drehte sie die Rasenbatzen um, als sei es das leichteste der Welt, stöberte nach Futter und schmatzte genüsslich vor sich hin. Von einem Augenblick auf den anderen kam sie zu Timmy, legte sich auf die Seite und der durfte sie kratzen, wobei das Schweinchen glücklich grunzte.

Bello sass daneben. Die Zunge hing seitlich heraus. Vielleicht sollte keiner sehen, dass er todmüde war, deshalb hielt er krampfhaft die Augen offen – doch so richtig ließ sich der Körper nicht mehr beherrschen, erst klappte ein Auge zu, dann das andere. Das sah komisch aus. Schließlich drehte er sich zweimal um die eigene Achse, ließ den Körper fallen, atmete stöhnend aus und schlief sofort ein.
Diese Müdigkeit übertrug sich auf die anderen zwei und es wurde plötzlich still.
Nur der Erlenbach musste weiter murmeln...

Kapitel 3

Der November hatte schon vierzehn Tage auf dem Buckel. Er bestätigte seinen feucht - kalten Ruf durch Nieselregen und dichten Nebel. Es dunkelte früh und manchmal sah es aus, als sei die Welt in Watte gepackt.
Viele der üblichen Geräusche verloren sich im Dunst.
Über dem Tal lag Stille; etwas Mystisches, Undefinierbares wartete auf seine Geburt. Das aktive Leben ward auf ein Minimum reduziert.

...Im Hause der Bremers tickten die Uhren anders als zuvor. Die Anwesenheit Iras brachte Veränderungen non Stopp.
Gabriela und Michael Bremer machten eine Entwicklung durch, die man als rasant bezeichnen kann.
Das alte Weltbild begann zu flattern und nicht nur ihr bisheriger Glaube geriet Zeitenweise ins Wanken.
Als Eltern von Timmy spielten sie selbstverständlich eine wesentliche Rolle für die Umsetzung des Planes. Deshalb wurden auch sie in einem luziden Traum vom Lichte

besucht.

Keine leichte Aufgabe: Schutz und Gleichberechtigung der Tiere auf mitfühlende Weise den Menschen nahe bringen, ohne Beschuldigungen, aber dennoch eindringlich genug, um die Mechanismen der Verdrängung sichtbar zu machen.
Die Aufforderung, alte Gewohnheiten aufzugeben, wird von Menschen oft als Angriff gewertet. Sie verschanzen sich dann hinter dem Recht auf persönliche Freiheit und verteidigen ihren Standpunkt, damit alles so bleiben kann wie bisher...
Veränderung, selbst wenn sie Glück bedeutet, scheint für die meisten schwieriger zu sein, als vertrautes Leid in Wiederholung...
Wie also vorgehen?

Jimmys Eltern kamen zu dem gleichen Schluss wie das Licht: wir müssen grundsätzlich das Gute ansprechen, denn jeder Mensch hat ein Herz. Dort ist der Schlüssel für die Tür zum Mitgefühl – und diese Tür gilt es zu öffnen...

Gemeinsam mit den Tieren und ihrem Sohn hatten sie nun an die Öffentlichkeit zu treten, denn nur vom Wissen allein kommt nichts in Bewegung...

Seit kurzem führte das Schweinchen ein abenteuerliches Doppelleben. Es pendelte zwischen Bremers Hof und der Familie im Wald hin und her.
Ira fand das ziemlich cool. Die Tage verbrachte sie meistens bei Timmy, doch nachts war sie lieber mit den Schweinen unterwegs, die sich immer sehr freuten, wenn sie kam. Sie musste alles bis ins kleinste Detail erzählen und die anderen hörten aufmerksam zu. Was für eine hoffnungsvolle Zeit! Spannend und beglückend zugleich!
Am tiefsten berührte diese Entwicklung Gero. Seine Sehnsucht war wohl am größten. Er hatte immer an die Weissagungen der Vorfahren geglaubt und darüber gesprochen – doch nun gingen sie ihrer Erfüllung entgegen...

Längst regierte der Winter das Land. Mit klirrender Kälte hatte er den Herbst überrannt, alle Schleier aufgelöst und funkelnden Sternenhimmel gebracht.
Die letzten Hoffnungen des Nebligen wur-

den schließlich unter einer dicken Decke aus Schnee begraben. Vorbei, vorbei, musst warten bis nach dem Sommer, ruh dich aus, alter Freund, für immer kannst du nicht sterben...
Doch unter Eis und Schnee, kaum zu hören, da plätscherte der Erlenbach leise dahin...

Heiligabend waren die Wildschweine bei Bremers zu Gast. Bello hatte die Einladung offiziell überbracht. Auf der Koppel gab es Rüben, Kartoffeln und Reste vom Wintergemüse.
Für die Menschen dampfte heiße Suppe in einem Topf.
Auch Bellos volle Schüssel stand bereit.

Allen schmeckte es, doch keiner wird je die Liebe vergessen, die in den Herzen das innere Licht entzündete, was Menschen und Tiere auf ewig in Freundschaft verband.
Voller Hingabe und Vertrauen waren sie aufeinander zugegangen und erneuerten den alten, paradiesischen Bund von Liebe und Treue, von Achtung, Verantwortung, Frieden, Dankbarkeit und Glück...
Auf beiden Seiten Tränen vor Rührung und

Freude und wärmende Strahlung im Zentrum der Brust.
Ein voller Mond leuchtete so hell, dass der Kameramann keine Mühe hatte, den wunderbaren Film zu drehen...

Milliarden Schneekristalle blinkten hinauf zu den Sternen in dieser wolkenlosen Nacht.
Und die Sterne antworteten ohne Zögern auf ihre Weise so prächtig und klar.
Wo war oben, wo war unten?

Die Natur feierte die Geburt des Christus in Menschen und Tieren, in allem, was lebt. Und das EINE dachte über sich selbst:

„Wie schön ich doch bin...“

Hier bin ich wieder, dein Märchen. Danke, dass wir immer noch zusammen sind.
Du bist mir nahe, wie noch nie. Die Trennungslinie zwischen Leser und Gelesenem löst sich allmählich auf.
Fühlst du es auch?
Weißt du, was meine größte Sehnsucht ist? Ich träume davon, wie ich mich verwandle vom Märchen in die schönste Wirklichkeit.
Du kannst mir dabei helfen.
Willst du das tun? Es ist ganz leicht.
Denke nach, wie das geht, wir treffen uns später...

„Ich habe eine gute Story für dich, meine Liebe", mit diesen Worte schloss Frank die Tür.
Äußerst behutsam legte er die Kamera neben den Schreibtisch seiner Freundin.
Erst jetzt konnten sie sich umarmen.
„Dich schickt der Himmel", antwortete Vera lächelnd. „dürfen wegen eines Trauerfalles die Baumann - Reportage nicht senden und ich brauche einen gleichwertigen Ersatz. Aber setz dich doch.
Fernsehredakteurin war immer mein Traumberuf, aber manchmal macht mir der Termindruck ziemlich zu schaffen. Sei froh, dass du freiberuflich bist."
„Gott sei Dank, ich kann filmen, was ich will und dabei ganz meinen Neigungen folgen, aber das Material muss dennoch verkauft werden – das ist mein Problem."
„Na dann zeig mal, was du für mich hast."
Vera schob das lange, rote Haar zur Seite, drehte den Monitor um und reichte Frank das Kabel...

Ihre feuchten Augen verrieten, was sie empfand. Die Bilder des Filmes brachten Herz und Seele zum Klingen. Selten war ihr sensibles Wesen so tief berührt worden. Die zauberhaften Aufnahmen hatten etwas Erhabenes, Essenzielles, derart Ursprüngliches, dass im Innersten ganz von allein die Frage entstand: *Wie konnten wir das nur vergessen...*

„Diese Leute riefen an – keine Ahnung woher die meine Nummer kannten – und fragten, ob ich mich für Wunder interessiere. Sie hätten eines, das ich sogar filmen dürfe, wenn ich wolle. Ich war äußerst skeptisch, aber meine Neugier siegte. Zwei Stunden Autofahrt, noch dazu am Heilig Abend, bei der Kälte – bitte glaub mir, hier muss etwas im Spiel gewesen sein, was mein Verstand nicht fassen kann...“
Aufgeregt sprang der Kameramann und Reporter nun im Büro hin und her, schaute seine alte Freundin an und sprudelte hervor: „Aber Vera, Vera, das haben wir im Kasten!!!...“

So hatte sie ihn noch nie erlebt in den zwan-

zig Jahren ihrer Freundschaft.
Er war immer ein bisschen anders gewesen, vielleicht sogar leicht verrückt – aber gerade das gefiel ihr besonders an dem Mann, der wohl ewig ein Junge bleiben würde...

In Wahrheit ging es Vera genau wie ihm... etwas passierte, dem man sich nicht entziehen konnte – und auch nicht wollte.
„Lass es uns noch einmal ansehen"...
Der Zauber wirkte beim zweiten Mal noch stärker.
Die Interviews waren voller Magie. Timmy drückte mit einfachen Worten Wahrheiten aus, welche die Seele berührten. Mit wenigen Vorschlägen brachte er alles auf den Punkt.
Aus dem Mund eines Zehnjährigen schien es leichter anzunehmen, dass es unwürdig sei, Tiere so schlecht zu behandeln und aufzuessen, dass die Menschen sich sehr gut von Getreide und anderen pflanzlichen Produkten ernähren könnten, wie viele Völker auf der Erde es schon vorgelebt hätten; dass es nicht den geringsten Grund dafür gäbe, Tiere auf der Jagd zu töten; dass Tiere eine Seele hätten, Schmerz empfänden und das gleiche Recht auf Leben hätten, wie der Mensch selbst; dass es an der Zeit wäre, die

Verdrängung aufzugeben und alles wieder gut zu machen.
In großer Offenheit sprach er über seine Fähigkeit der geistigen Kommunikation, insbesondere mit Ira und Bello und formulierte die Wünsche der Freunde nach Annäherung, Gleichberechtigung, Freundschaft und Liebe.

Jimmy bat die Menschen um Mitgefühl.

Kein einziger Vorwurf war in seiner Rede. Die Reinheit seines Herzen war für jeden

sichtbar und ließ keinen Zweifel zu, dass es sich lohnte, nicht nur darüber nachzudenken, sondern so schnell wie möglich etwas zu verändern. Das Leid der Tiere könnte in kurzer Zeit ein für allemal beendet werden und das dieses Mitgefühl auch Auswirkungen haben würde auf den Frieden der Menschen untereinander...

Seine Eltern hatten den Mut, ihre eigenen Erfahrungen der letzten Wochen zu offenbaren.
Sie machten keinen Hehl aus ihrer Ansicht, dass die gesamte Menschheit auf großartige Veränderungen hinsteuern würde, dass Bewusstsein und Spiritualität nicht nur in Meditation und Gebet ihren Ausdruck finden dürften, sondern vor allen Dingen im gelebten Mitgefühl für Menschen, Tiere und die gesamte Natur.

Gabriela und Michael Bremer baten darum, die vorherrschende Ignoranz aufzugeben und nicht jene als Fanatiker oder Träumer zu bezeichnen, die es bereits vorlebten und dass es ein Leichtes wäre dem guten Beispiel einfach zu folgen.
Nicht einmal die Begegnung mit dem Licht ließen sie aus, nein sie kehrten voller Vertrauen ihr Innerstes nach außen...

Ira ließ den Reporter über Timmy wissen, dass sie auch sprechen wolle.
Aber wie?
„Ich werde nur über Augen und Herz kommunizieren. Viele Menschen empfangen meine Botschaft direkt, wenn sie den Film sehen“, meinte sie dann.
Frank hielt die Kamera ein paar Minuten auf das Schweinchen gerichtet.
Wer hat den Blick schon einmal so lange in die Augen eines wilden Tieres versenkt?
Schönheit, Frieden und Harmonie liegen darin.
Man kann sich selbst begegnen, wenn man nur tief genug schaut...

Bello sagte nichts, aber er saß die ganze Zeit dicht neben Ira, hellwach und schön. Man musste ihn einfach lieben...

Es war vereinbart worden, dass auch die gemeinsame Mahlzeit auf der Koppel gefilmt werden sollte.
Was für eine Spannung!
Frank fiel es schwer, seine Emotionen zu beherrschen, als sich die wilden Schweine der Wiese näherten. Zunächst überquerten sie den zugefrorenen Bach, dann verharrten sie am Ufer, wie angewurzelt; sahen sich vorsichtig um. Die Zeit schien stille zu stehen. Kein Laut. Nur das Schlagen der Herzen. Vollmond.
Im silbernen Licht konnte man jeden Kältehauch sehen.

Wieder einmal war es der Atem, der alles Lebendige verband.
Eine Luft gilt es zu teilen in der physischen Welt. Das verbindet und beweist, das keines voneinander getrennt sein kann.
Langsam, immer noch wie auf dem Sprung, kamen die Schweine heran. Ira hielt es nicht mehr aus und eilte ihnen entgegen.
In der freudigen Begrüßung ging die restliche Angst. Vertrauen statt Vorsicht.
Der Bann war gebrochen.

Schließlich aßen Menschen und Tiere, wie in alten Zeiten am Tisch von Mutter Natur. Der Mond gab sein Bestes, als wollte er selbst Sonne sein.
Die empfindliche Kamera fing es ein, das erweiterte Abendmahl, das nun endlich gefeiert wurde, am Heiligen Abend, in dieser frostklaren Nacht.

Langes Schweigen währte, nachdem sie den Film zum zweiten Mal gesehen. Jedes vorzeitige Reden hätte den Zauber zerstört. Frank wiederholte kaum hörbar: „Das haben wir alles im Kasten..."

Kapitel 4

Mit der aufsteigenden Sonne eilte der Frühling herbei.

Der müde Winter übergab nun freiwillig die Macht.
Lange hatte er im ersten Viertel des Jahres gekämpft. War, als es bereits grünte und blühte noch einmal wiedergekommen, machte alles weiß und provozierte mit Frost.
Auf der Beliebtheitsskala stand er weit unten.

Doch dann schickte ein warmer Regen den letzten Schnee auf die Reise.
Das brachte viel Wasser ins Tal.
In jenen Tagen nannte niemand unsern alten Freund beim Namen, denn da gab es keinen Bach mehr, nur einen reißenden Strom, in dessen Mitte Erlen um ihr Leben bangten.

Im Bremerschen Hof blieben nachts die Fenster geschlossen.
Zu laut tönte das Gewässer, als dass man hätte schlafen können. Dieser rauschenden Gewalt zollte jeder Respekt.
Elementare Kräfte spülten hinweg, was nicht bleiben durfte. Da half weder Klammern noch Klagen. Loslassen hieß es. Mitfließen war der Schlüssel zum Glück.

Als der Erlenbach wieder lustig plätscherte bekam er sehr viel Anerkennung und Liebe für seine gemäßigte Form. Genossen hat er das, in vollen Zügen, aber die gewaltige Kraft, die Energie, die ihn berauscht, wollte er nie wieder vergessen...

An Timmys elften Geburtstag war Ira beinahe erwachsen. Schier unzertrennlich schienen die beiden zu sein, verbrachten jede freie Minute zusammen, hauptsächlich in der Natur.
Weil sie durch das Fernsehen eine gewisse Berühmtheit erlangt hatten, sprachen viele Menschen sie an, im Wald, auf der Straße

oder bei Bremers zu Haus. Manche kamen extra dorthin und baten um ein Autogramm...
Der ersten Sendung waren zahlreiche Interviews und Fototermine gefolgt. Konnte man sich je daran gewöhnen?
Vielleicht nicht, aber die Bekanntheit half ihnen, das gemeinsame Werk zu vollbringen.

Mit dem Lichte gab es ständigen Kontakt, nicht in dem Sinne, dass das Licht alles bestimmte, eher durch seine andauernde Präsenz, die Sicherheit gab und Mut, den eigenen Worten zu vertrauen, denn wer das Prinzip des Lebens verstanden hat, kann jederzeit aus diesem Born schöpfen...

Vera und Frank wurden ebenfalls vom Licht unterwiesen und täglich kommen weitere Menschen hinzu. Die Kreise werden größer und größer, denn das Neue Bewusstsein dehnt sich aus.

Wie durch ein Wunder hatte der Fernsehsender den Film schon am ersten Januar gebracht.

Die Reaktionen darauf übertrafen jegliche Erwartungen.

Im Sender standen die Telefone nicht still.

Begeisterung. Freude, Dankbarkeit und Fragen über Fragen.

Seither hat das Thema die Runde gemacht an Schulen, in Diskutierkreisen, Talkshows – und sogar Politiker bezogen Stellung dazu.

Nicht, dass es nur Einsicht gäbe. Es wurde ziemlich kontrovers debattiert, vor allen Dingen Lobbys traten auf den Plan...

Aber eines stand schon mal fest: Die vegetarische Lebensweise erhielt einen kräftigen Schub.

Besonders Kinder und Jugendliche schlossen sich ihr an.

Überhaupt ist inzwischen der Tierschutz in

aller Munde, nicht nur in speziellen Organisationen, sondern das ganze Land nimmt daran teil.

Ist das Ziel schon erreicht? Bei weitem nicht. So viel gibt es noch zu tun, aber wir wissen: Das Licht Gottes versagt nie.
Darauf können wir uns verlassen bis in alle Ewigkeit...

Im Grunde genommen, ist alles gesagt.
Was meinst du, sollte ich mich hier beenden? Oder möchtest du, dass ich noch bleibe?
Vielleicht willst du mich weiter erzählen. Nur zu. Deiner Fantasie sind keine Grenzen gesetzt.
Du kannst das Schönste und Höchste erschaffen im Geiste – und gestaltest damit deine Wirklichkeit.
Ist das nicht wunderbar? Was gestern noch Märchen war oder Vision wird morgen Realität, so funktioniert Schöpfung.

Vielleicht hast du dein Märchen gar lieb gewonnen?!
Mir geht es auch so mit dir. Deshalb bleiben wir noch ein kleines Weilchen zusammen.

... Nach dem Hochwasser sah es ziemlich wüst aus im Tal. Schlamm, Holz und Unrat lagen überall verstreut. Viel Arbeit für Bremers. Sie erhielten Hilfe von Vera und Frank, ihren neuen Freunden. Die beiden waren gern an dem Ort – schließlich gingen von hier jene Impulse aus, welche das Leben von Menschen und Tieren aufs Tiefste berührten.

Dienstliche Belange und Freundschaft ließen sich gut miteinander verbinden, denn der Fernsehsender plante weitere Filme.
Die Sichtweise der Tiere sollte transparent gemacht werden. Das geschah nicht nur wegen der hohen Einschaltquoten – die Fernsehleute hatte es echt erwischt...
Ira, ihre Familie, Timmy, seine Eltern und Bello sollten wieder die Hauptakteure sein. Timmy avancierte dabei zum unentbehrlichen *Übersetzer.*

Noch während der Aufräumarbeiten beeilte sich der Frühling mit seiner Pracht.
Schneeglöckchen und Märzenbecher be-

gannen den Reigen. Millionen von Anemonen blühten auf, wie hingezaubert.

Vater Sonne wollte das winterliche Defizit endgültig ausgleichen. Deshalb schenkte er diese blauen Tage und wärmenden Strahlen. Milde zwanzig Grad sorgten dafür, dass Blumen, Gräser und Knospen wie entfesselt sprossen. Die übliche Reihenfolge ward außer Kraft gesetzt. Gleichzeitig strebte alles dem Lichte entgegen - nur leben, leben, leben...

Was für eine Energie, was für ein Treiben, was für eine Schönheit. Ein Fest der Sinne. Die Erde präsentierte ihr schönstes Gewand.
Schlüsselblumen, Veilchen, Teppiche aus Bärlauch soweit das Auge reicht. Und überall an Bäumen und Sträuchern Spitzen von Grün in unterschiedlichsten Tönen. Ein Meer von Farben wogte hin und her, weil der laue, zärtlich verspielte Frühlingswind nicht anders konnte als tanzen...

Wie das Grün die Auferstehung feierte, so erging es auch Menschen und Tieren. Besonders tief berührten die Vögel das Herz. Freudig erregt, gefühlvoll und ausgelassen jubilierten sie die Lust am Leben hinaus. Hervorragende Therapeuten – wer konnte da noch traurig sein...

Der beliebte Pfad entlang des Erlenbaches sah gutgelaunte Wanderer, die einander freundlich grüßten. Ein ganzes Universum natürlicher Schönheit verwöhnte Augen, Ohren und Nasen.
Dankte die herrliche Natur für das, was von hier ausgegangen war an Veränderung und Mitgefühl?
Aber ja! Solche Zeichen sind eindeutig.
Mutter Erde strahlte geradezu, um dankend zu sagen:

Macht weiter so, meine Kinder - das

ist es, wir sind auf dem richtigen Weg...

Bald werden die Menschen verstehen, dass nichts zufällig geschieht, nicht einmal das Wetter...

Alles hat seinen Preis. Auch Bremers kamen an dieser Tatsache nicht vorbei. Mit der Popularität opferten sie die Ruhe und Einsamkeit ihres bisherigen Lebens.
Auf dem Hof ging es manchmal zu, wie in einem Taubenschlag. Ein ständiges Kommen und Gehen. Fernsehleute, Journalisten, Wanderer, Neugierige und jede Menge Kinder.
Sogar Schulklassen erschienen von Zeit zu Zeit. Gott sei Dank führt keine Straße zu dem Gehöft, nur ein befestigter Weg. Die meisten müssen vom Parkplatz eine halbe Stunde laufen.

Der Sender finanzierte den Ausbau eines Nebengebäudes. Darin wurden ein winziges Filmstudio, ein Konferenzraum und sogar ein kleines Café eingerichtet.
Tierschutzorganisationen lobten

begeistert die Initiativen, die von hier ausgingen, mussten aber lernen, dass ein neuer Geist die Regeln bestimmte: keine Verurteilung, kein Angriff, immer nur die Einladung zu Mitgefühl, Offenheit und herzbetontem Denken. Selbstverständlich gehörten Enthüllungen über Missstände dazu, die Betonung lag jedoch mehr auf Information über Möglichkeiten der pflanzlichen Ernährung, Auflösung von Vorurteilen und schädigenden Verhaltensweisen gegenüber Tieren und der Natur.

Ein Umweltforum entstand und eine monatliche Live Sendung, in der die unterschiedlichsten Interessengruppen miteinander diskutierten...

Iras Popularität wächst. Sie ist inzwischen das berühmte Fernsehschwein, das mit den Menschen spricht...
Sogar im Ausland kennt man ihr Gesicht.
Bello mag den Trubel am allerwenigsten, deshalb streunt er so oft es geht, besucht regelmäßig die Wildschweine und manchmal ein Hundemädchen im Dorf.
Timmy bleibt sich treu, hilft seiner Mutter im Tierheim, leitet in der Schule den Arbeitskreis *Tierfreunde*, hat Spaß mit den Fernsehleuten und treibt sich stundenlang

mit seiner Freundin herum.

Wenn viel passiert, fliegt die Zeit schnell dahin.
Sommersonnenwende.
Reich und üppig malte der Sommer mit neuen Farben weiter.
Italienische Verhältnisse: jeden Tag Badewetter.
Zwischendrin gab es eine Dürre, drei Wochen lang. Sehnsucht nach Regen.
Der Erlenbach trocknete fast aus. Er träumte vom Beginn des Frühlings, als er ein reißender Strom.
Forellen retteten sich in Wasserlöcher und überlebten.
Nach den ersten Gewittern kam alles wieder ins Lot.

Das Flüsschen musizierte wie noch nie.
Aufsteigende Melodien, anschwellende Rhythmen, wie bei einem Orchester, welches mit wenigen Instrumenten beginnt, dann immer voller wird, sich hinbewegt

zum großen Finale, in dem Chöre und Posaunen die lebendige Kraft der Musik hinausschmettern, um die Existenz auf ewig zu preisen...

Etwas war anders. Nicht so sehnsuchtsvoll klangen die neuen Lieder. Mehr Festlichkeit und Dankbarkeit enthielten die fließenden Harmonien.
Transformation. Die Trockenheit hatte den Erlenbach weise gemacht: „Wozu sich nach hinten erinnern oder nach vorne sehnen?! Hier, jetzt strömt alles Leben, in mir und in allem, was ist. Will mich dem ganz hingeben und ein dankbares, glückliches Flüsschen sein..."

Seither ist der Erlenbach voller Magie. So

mancher genießt an seinem Ufer den Zauber.
Realitäten verschwimmen, wenn der Blick eintaucht in das flutende Jetzt.
Klänge berauschen, entspannen, erleichtern.

Bewusste Träume lüften Geheimnisse und antworten auf Fragen.
Wer vollständig eintaucht in das Mysterium, durchschaut den Sinn der menschlichen Reise, lässt sich zunächst forttragen, um dann wiederzukehren, ganz zu sich selbst. Dieser großen Aufgabe hat sich unser Freund mit Herz und Seele verpflichtet – und er erfüllt sie sehr, sehr gut...

In diesem Tal wurde an die Familienbande erinnert, die über alles hinausgehen, was die Menschheit bisher darunter verstand.
Menschen und Tiere. Bäume und Pflanzen. Steine. Die Elemente. Alles, was existiert, ist verbunden, ist Familie. Schon immer. Bis immer und ohne Unterlass.
Wir können frei von Furcht in die Einheit gehen.
Wann wird das sein?
Die Einheit ist jetzt ... wozu also warten?

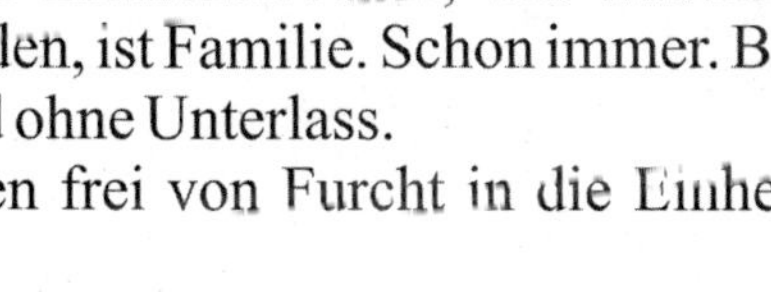

Wenn du einmal vergessen hast, dass Tiere Brüder und Schwestern sind, dann denke an Ira, das Schweinchen. Vielleicht besucht es dich demnächst in deinen Träumen...
Glaub nur, das Schweinchen ist fleißig...

Der September wirkte wie ein mildes Lächeln. Spätsommerlich, sanft, mit einem besonderen Licht.
Jeder fühlte sich verwöhnt und ward vorbereitet, loszulassen vom Sommer, seinen langen Abenden, lauen Nächten und betörenden Gerüchen.
Viele Vögel waren schon weg und große Schwärme Wildgänse und Reiher zogen hoch droben davon.

Stürmische Tage. Dahlien waren dem ersten Frost zum Opfer gefallen. Die letzten Schmetterlinge torkelten im Wind.
Abschiedsstimmung.

In unserer Geschichte hat sich der Kreis der Jahreszeiten geschlossen und ich, dein Märchen, muss gehen, aber sei gewiss, wir treffen uns wieder.
Ich habe nur einen Teil von mir erzählt.
Weißt du noch, was meine größte Sehnsucht

ist? - Dein Leben kann mir helfen, wahr zu werden...

Lebe wohl.

~ Ende ~

Über den Autor

Horst Lischke leitet ein Seminarzentrum im Harz.
Seit 1989 gibt er Kurse in Sachen Körperarbeit, Stressabbau, Gesundheit, Entspannung, Meditation, Spiritualität und Lebenskunst.

Wichtigstes Ziel seiner Arbeit ist, Menschen dabei zu unterstützen, in ihre volle Kraft zu kommen.

www.seminarzentrum-neue-erde.de

Weitere Bücher von Horst Lischke

„Kristalle“ – Reflexionen im Licht

Zur inneren Erbauung

Texte– Gedichte– Lieder– Meditationen ISBN 978-3-00-041420-6

Preis: 9,- Euro; 153 Seiten

Das Leben ist unser höchstes Gut. Wir können darüber nachdenken, es philosophisch betrachten oder einen Erklärungsversuch wagen, doch die Existenz will so viel mehr. Sie will sich selbst offenbaren, fühlen und erneuern. Sie will inmitten ihrer eigenen Schöpfungen aktiv sein und zugleich bewusst beobachten, was geschieht.
Die Texte in diesem Buch gleichen geschliffenen Kristallen, die ganz klar widerspiegeln, dass Innen und Außen aus der selben Quelle stammen. Alle Schönheit kann im Geiste sowie in der Materie wahrgenommen werden, je nach dem, wo man sich befindet. Aber hinter den Worten liegt das ursprüngliche Gefühl von daheim. Es lässt uns wissen, wer wir sind und dass kein Teilchen fehlen darf, damit das Eine wieder vollständig sein kann. Mit den Worten fließt Energie. Spüre hin, lade Dich auf und lass Dich erinnern...

„VEREINT EUCH!“
- Manifest für eine bessere Zukunft ISBN 978-3-00-041623-1

Preis: 3,- Euro; 27 Seiten

Ein Mensch hat diese Schrift zu Papier gebracht, doch in Wahrheit haben wir sie alle verfasst, wir die Menschen der Erde. Es ist unsere tiefste Sehnsucht, dass wir in Frieden, Freiheit, Glück und Wohlstand das Leben auf diesem Planeten miteinander teilen. Dazu ist ein bestimmtes Bewusstsein erforderlich, das Bewusstsein des *Alles ist eins.* Wir können uns zusammentun, verbinden und gegenseitig unterstützen.
Dies ist ein großartiger, schöpferischer Prozess, der im Geiste beginnt und in der Praxis seine wunderbare Erfüllung findet. Möge alles, was durch uns zum Ausdruck kommt, dem allerhöchsten Wohle von allem Leben dienen. VEREINT EUCH!!!

„FÜR!
- Manifest vom konstruktiven Leben“

ISBN: 978-3-00-044543-9
Preis 3,80 Euro; 40 Seiten

Sich Für etwas einzusetzen ist die leichteste Art des Erschaffens. Keine Kraftverschwendung durch Konkurrenz oder Vorteilsnahme, sondern gebündelter Energien um eines gemeinsamen Zieles Willen, welches dem Wohle der gesamten Menschenfamilie gewidmet ist.
FÜR, das Manifest vom konstruktiven Leben ist die Fortsetzung der Schrift VEREINT EUCH! Es geht noch tiefer und spezifischer auf brennende Fragen unserer Zeit ein und unterbreitet Vorschläge, wie wir durch höheres Bewusstsein bestehende Probleme lösen können.

„Das Lachen der Heiligen“

Humor - Satire - Nonsens

ISBN 978-3-00-041662-0

Preis 8,- Euro; 104 Seiten

Lachen verwandelt die Welt - Der normale Bürger überlässt das Humoristische immer mehr den Profis der Unterhaltungsindustrie. Wie schade. Lachen ist Teil unserer Natur, deshalb sollten wir es nicht in jene Schubkästen von Comedy, Kabarett, Partylaune und Karneval verbannen, sondern es wieder ganz in unseren Alltag integrieren. Wie? Indem wir das Komische überall sehen. Schwächen, Missgeschicke und Macken bergen eine Menge Spaßpotential. Wer darüber lachen kann, bleibt entspannt und nimmt sich selbst nicht so wichtig.

Manche Zeitgenossen sind tatsächlich zu ernst geworden. Dazu gehören auch spirituelle Leute, Heiler und andere der helfenden Zunft. Gerade ihnen möchte dieses kleine Büchlein etwas Heiterkeit zurückbringen.

Also, Ihr Weltenretter bleibt locker – und vergesst nicht, das Lachen verwandelt die Welt... ☺

„Philomena - Abenteuer einer kleinen Heldin“

ISBN: 978-3-00-048087-4

Spirituelles Märchen.
Sehr erhebend - trifft den Nerv der Zeit.

Weitere Bücher aus unserem Haus

Vegan kochen - 300 Lieblingsrezepte

Suppen & Eintöpfe, Gemüse- & Pfannengerichte, Aufläufe, Pizzen, Soßen & Dips sowie Desserts mit Herz zubereiten und genießen
Von Mihály, B.; Krause, S.; Mihály, M.

Hans-Nietsch-Verlag, 384 Seiten,
ISBN: 978-3-86264-334-9, Broschur
Preis: 14,90 € (Bei uns oder im Buchhandel erhältlich!)

Das Buch:

- gibt einen Überblick über alle Küchenutensilien, über Zutaten, Kräuter & Gewürze sowie Hinweise auf ihre Verwendung & ihre Hauptinhaltsstoffe
- führt eine Tabelle vegane Ersatzstoffe für tierische Produkte auf
- stellt 300 vegane, herzhafte und süße Kochrezepte sowie verschiedene Grundrezepte vor für Salatdressings, Suppen und Soßen, deftig Gebratenes (z.B. Gulasch, Klopse, Braten, Schnitzel aus rein pflanzlichen Zutaten) und Pizzen, aus denen die Leser ihre persönliche Lieblingsmahlzeit frei zusammenstellen können, und
- versammelt viele Empfehlungen (so einen 14-Tage-Plan mit einfachen Gerichten zur Umstellung auf vegane Kost), Tipps und Hinweise zum Einstieg in die vegane Kochkunst, die auf Erfahrungen vieler Jahre Veganen Lebens- und Ernährungsstils gründen.

Ein umfangreiches veganes Kochbuch mit 300 Rezepten

aus der herzhaften und süßen herkömmlichen Küche, vegan interpretiert von drei überzeugten und versierten veganen Köchinnen.
Hier findet der „bewusste“ Genießer alles, was er zum Thema „veganes Kochen“ wissen muss.
Mit zahlreichen Tipps und Tricks zum Thema „veganes Kochen“ – für Anfänger, Hobbyköche und Profis geeignet.
Das zweite Buch der Autorinnen. Im Frühjahr 2014 ist **Vegan backen** erschienen.

Vegan backen - 300 Lieblingsrezepte

Torten, Kuchen, Plätzchen, Pralinen & Konfekt, Brote & Brötchen, Pizzen sowie salziges Kleingebäck mit Herz zubereiten und genießen
Von Mihály, B; Krause, S; Mihály, M; Müller, E.

Hans-Nietsch-Verlag, 429 Seiten, ISBN: 978-3-86264-256-4, Broschur
Preis: 16,90 € (Bei uns oder im Buchhandel erhältlich!)

Ihr erstes Buch „**Vegan backen – 300 Lieblingsrezepte**“
- stellt mehr als 300 einfache, mittelschwere und anspruchsvolle vegane Backrezepte vor
- enthält verschiedene Grundrezepte von Teigarten, Böden, Cremes, Glasuren und Verzierungen, aus denen der persönliche Lieblingskuchen frei zusammengestellt werden kann
- führt in einer Tabelle die veganen Alternativen für tierische und herkömmliche Produkte auf
- gibt einen Überblick über alle in der Backstube verwen-

deten Arbeitsgeräte, Zutaten, Gewürze & Aromen und ihre Verwendung und

❀ versammelt viele Empfehlungen zum Einstieg in die vegane Backkunst, nützliche Backtipps und Hinweise, die auf Erfahrungen aus vielen Jahren veganen Lebens- und Ernährungsstilsgründen.

Begeistert davon, wie gesund und vital sie sich mit dem veganen Lebensstil fühlten, begannen die vier Autorinnen die Möglichkeiten der veganen Küche ausgiebig zu studieren und neue Rezepte zu entwickeln. So entstanden köstliche vegane Alternativen zu allen Highlights der herkömmlichen Koch- und Backkunst:
Vegan ist also alles andere als freudloser Verzicht!

Das derzeit *umfangreichste vegane Backbuch*, sehr praxisorientiert und detailliert – für Anfänger, Hobbybäcker und Profis geeignet – mit mehr als 300 Rezepten und zahlreichen Schwarzweiß - Zeichnungen.
Die Lust am Backen ist gerade bei Menschen, die sich vegan ernähren möchten, groß, da in vielen gekauften Backwaren versteckte tierische Produkte enthalten sind.
Aus Respekt vor den Tieren, der Umwelt und der Natur, zur Förderung des eigenen Wohlbefindens und aus purer Freude am Kochen entwickelten die Autorinnen vegane Rezepte, die Gerichten aus der herkömmlichen Küche nachempfunden sind und diesen in nichts nachstehen, was ihren Geschmack anbelangt. Darüber hinaus sind sie nicht belastend für unseren Körper: ein wirklicher Genuss ohne Reue also!

Mehr dazu unter:
www.biofamily.info